눈의 작심

**시작시인선 0208** 눈의 작심

**1판 1쇄 펴낸날** 2016년 7월 15일
**1판 2쇄 펴낸날** 2016년 9월  5일
**지은이** 조경숙
**펴낸이** 이재무
**책임편집** 김연필
**디자인** 이영은
**펴낸곳** (주)천년의시작
**등록번호** 제301-2012-033호
**등록일자** 2006년 1월 10일
**주소** (04618) 서울시 중구 동호로27길 30, 413호(묵정동, 대학문화원)
**전화** 02-723-8668
**팩스** 02-723-8630
**홈페이지** www.poempoem.com
**이메일** poemsijak@hanmail.net

ⓒ조경숙, 2016, printed in Seoul, Korea

**ISBN** 978-89-6021-280-0 04810
         978-89-6021-069-1 04810(세트)

**값** 9,000원

# 눈의 작심

조경숙

천년의시작

시인의 말


완전히 이해할 수 없어도
완전히 사랑할 수 있다는 말에 동의할 수 있나


네띠네띠 네띠네띠


눈은 어디로 흐르는 걸까


완전히 닿지 않아도
완전하게 그리워한다고 눈이 손을 흔든다

# 차례

시인의 말

제1부

## 눈의 작심

"사랑하기에 안 좋은 날씨는 없다"는 문장을 쓰고
"죽기에 안 좋은 날씨는 없다"로 바꿔 읽는다

넓고 투명한 유리창을 통해 퍼붓는 눈을 본다
하늘은 작심한 듯 허리춤을 풀고 마음껏 제 기분을 보
인다

다 식은 찻잔을 놓고
눈을 바라보는 창가 여인의 검은 눈
손수건을 대기만 해도 흠뻑 젖을 축축한 눈이다

살아가기에 안 좋은 날씨가 없듯
죽기에 안 좋은 날씨도 없다는 듯

눈은 자꾸만 높은 곳에서 제 몸을 던지고 있다

# 무렵이라는 말


어슴푸레한 말
철들 무렵, 동틀 무렵, 해질 무렵
굳이 무엇으로 완성되었다는
그런 단단한 언어가 아니다
아침 점심 저녁 사이
살짝 새참거리 같은
잠깐의 쓸쓸한 마음 같은

한 그루 나무가 서 있는 풍경
그 어딘가의 언저리 같은
해를 바라보며 노을을 바라보며
누군가를 허기처럼 생각하고 있다는
암시 같은

손을 호호 불며
주전자에 뜨거운 찻물을 끓인다
수증기 속에서
국화잎이 제 형태를 갖출 무렵
계절은 기억의 냄새를 풀고
나는 두 손에 온기를 안고

당신이 오실 무렵의 시간을 기다린다

# 감 젖

늦은 가을비에
머리 젖은 까치
감나무 꼭대기 붉은 젖
정신없이 쪽쪽 빨아먹고 있다

전생에
감나무는 어머니였을까

어려서 젖배 곯은 막내
그녀 집 마당엔 지금
젖어미가 여럿이다

# 풍선껌을 불며

단물이 다 빠져야
제대로 풍선이 만들어진다는 걸 알았다

그동안 내 희망은
단물과 풍선이
함께 존재하길 바라는 거였다

그동안
입술로는 희망을 말했지만
속으로는 단물만 오물거렸던 것

단물이 빠지고 나야 비로소 껌이 아닌 풍선

# 어떡하지

천국이 심심하면 어떡하지
엄마는 일거리가 없으면 못 견뎌 하지
지옥이 뜨거우면 어떡하지
엄마는 이미 다 익어버렸는데
사과는 이제 그곳에서 소용이 없을까
유혹도 끝난 거고 용서도 손닿지 못할까

어떡하지
엄마는 이제 다리가 아파 교회 가는 것도 마다하시고
조그만 일에도 노하시니
달콤한 사과도 시다 하시고
요즘 자주자주 하시는 말씀
흐릿한 옛말만 하시니

오래전 그때 엄마는
피멍 든 가슴에 계란을 굴리던 아픈 여자
그 자국에 뽀얀 화장을 하던 참 결 고운 여자
연락 없는 아들 보고 싶어도
안 낳은 셈 친다며 밤마다 입으로 마음을 다잡는 독한
여자

엄마란 길 그동안 그 길이 얼만데

코를 골고 잠든 모습

저 모습 엄마가 기도하던 천국인데

# 첫발

내가 주인이지만
손님 같을 때가 있다
눈 내린 날
흰 눈 위에 내 발자국 찍을 때
공손하게 첫발을 디디게 된다

어쩐지 세상의 첫발자국은
맨발의 새나 노루 고라니가 찍어야 될 것 같아
여기저기 내 발자국
어지럽게 남기면 안 될 것 같아
밤손님처럼 조심스러워

아니 어쩐지 그대가 보고 있을 것 같아

# 달의 성별

도시의 빛이 출렁이는 빌딩숲
엘리베이터를 타고 오른다
친절한 스티커

'추락 위험 기대지 마시오'

한 여자가 남자의 어깨에 기대어 있다

수없이 타고 내리는 수직의 길
유리창 밖으로 보이는 달이
빌딩에 기대어 있다

둥근 달의 성별이 궁금하다

## 저런, 미안


사내가
보도블록 위를
경중경중 걷는다

발 아래
틈새 민들레

봄이 부러졌다

# 매미

종일 울던 매미가 아직도 울고 있습니다

나도 아내를 얻고 싶다고
사랑할 시간은 얼마 없는데
아직 아내가 없다고
펄펄 끓는 여름 밤, 이 삼복도 춥다고

환한 가로등 불빛 아래 물기 마른 눈으로
어머니의 어둠 속 따뜻한 그 시간이 그립다고

가로수에 묶인 낡은 현수막
가는 끈이 수평을 잡고 있습니다

'결혼 상담 환영. 아름다운 베트남 신부 다수 있음'

# 구두 한 짝


가을볕에 바랜 하이힐 한 짝
지나가는 개가 물어뜯고 있다


무언가 뜯어야 하는 허기진 이빨
누군가의 발이었던 왼쪽이 속수무책이다


짝을 만나 신발장에 놓일 수 없는 한 쪽
그 한 쪽이 어디에 있는지 궁금한 것도 아닌데
감기지 않은 눈을 감겨줘야 하는 과제가 남아 있는 것
처럼
개가 동작을 멈추길 기다려본다


개의 이빨이 떠나고 다시는 발을 담을 수 없는 신발이
찢겨진 종이배처럼 뒤집혀 있다


주인은 어디에 있을까
굽 높은 구두를 벗어두고 얼마나 절뚝이며 걸어갔을까
집에는 무사히 돌아갔을까


지나가는 행인이 걷어차고 간다

# 용서

그 돌
사실은 내가 먼저
발로 찼는지 몰라

잠시 길을 멈추고
나를 넘어지게 했던

세상에
가장 고독한 돌부리 하나
돌탑 위에 모신다

# 히드라의 머리


우리는 서로의 뒤통수에 얼마나 많은 독화살을 쏘았던가
파뿌리 되도록 살라던
주례사의 말이 휘발되듯 머리도 반백이 되었다


하나를 치면 둘이 돋는 히드라의 머리처럼
한 올을 뽑은 그 자리에 두 개가 솟는 흰 머리카락


휴일 늦은 아침을 먹고
오징어 먹물 한 통을 사다 부부가 머리 염색을 한다


서로가 칼을 휘둘러 베었던 자리
먹물 찍어 독을 문질러 지워본다


입술 달린 목 하나를 바위에 묻고 나머지 목을
횃불로 지지듯 흰 나이를 검게 물들이지만
당신 때문에 내 삼단 같던 머리가 이렇게 되었다고
농담같은 비수를 다시 꽂는다


히드라를 무찌른 헤라클레스
그 또한 히드라의 맹독으로 죽음에 이르게 되듯

당신과 나도 지금은 난행을 수행 중이다

# 종잣돈

이른 아침 스님이
마수걸이로 우동을 드시고
푸른 신권 한 장
재수 돈이라고 준다

감사히 받아
주일 미자립교회 선교헌금으로
속주머니에 챙긴다

앉았던 빈 식탁을 보니
드시지 않고 건져놓은 홍합
스님 합장하고 있는 두 손 같다

고행과 사랑, 돌고 돌며
몇 겹으로 접혀지고 펴지며
쉼 없이 걸어갈 종잣돈

그 만 원의 행방을 생각한다

# 한 잎의 눈물

오동나무를 처음 본 것은
아주 작은 소녀일 때
바닥으로 뚝 떨어지는 크고 마른 이파리
어깨가 넓은 남자의 울음 같았다

차갑고 반듯한 한 남자가
가을 끝에서
어떤 비애를 삼키지 못하고
발등에 울음을 떨구는 모습

그 모습을 오늘 보았다
작별을 고하는
한 남자의 쓸쓸한 시선을 따라가자
그의 발밑에 그 날의 오동잎이 거기 있었다

# 심청전

상갓집에 갔는데
아버지가 생각나 소주 두 잔 마셨다
한 잔은 아버지, 한 잔은 나
한 번도 함께 마셔본 적 없는 술
혈관부터 따뜻하게 열린다
핏줄의 상봉

가끔 죽은 아버지와 독대하여 나누고 싶은 풍문과 고전
이 있다
이를테면 아버지가 반복해 읽어주던
축축한 효녀심청전,
그때마다 확인하던 아버지 눈동자
그런 딸의 눈을 만지던 아버지
그 순간마다 어서 무럭무럭 자라
미래로 가고 싶었다
아버지 곁은 물에 빠질 것같이 위태로운 일

어느 날 술에 취해 잠든 아버지 눈
뜬눈으로 고정시키려고 할 때
찾아도 없던 성냥개비

그날 아버지가 담배를 끊은 첫날이었다

## 다시 버스를 기다리며

내가 사는 도시 부천
시외버스 터미널 이름이 '소풍'이다

소풍을 마치고 본향으로 돌아간다던 시인
그도 여기서 버스를 타고 출발했을까
그러나 그건 중요하지 않다
개찰구는 달라도 희망하는 목적지가 같을 때
시인은 발을 동동 구르지 않는 법
이 길은 수단이 아닌 목적

어디로 갈까
이곳저곳 점을 찍다가
왁자한 틈바구니 속에서 빛바랜 추억 한 장,
어쩌면 그날의 소풍으로 다시 돌아가고 싶은지 몰라
아니 저 아득한 흑백사진 속에서
아이는 아직 돌아오지 않았을지도

함께 보물찾기를 하던 사람
지금 어디서 그 누구와 소풍 중일까
김밥 한 줄도 싸지 못했던

그날의 부끄러움
봄볕이 더 화끈거려주었던가

12시 30분 고향 가는 차표를 끊고
삶은 계란과 사이다 한 병 사들고 뛰어와 보니
버스는 이미 떠나고
미세먼지 속으로 봄날이 기울고 있다

제2부

# 각주

내가 당신을 알아보지 못하고
당신이 나를 알아보지 못해도
어디서 봤더라
우리 어디서 본 적이 있었더라
자꾸 뒤돌아보는 어디쯤
별 하나 있다

당신의 가장 가까운 발등
타오르다 응고된 촛농 자국처럼
낯익은 의식으로 쉽게 해석해주면 좋겠다

지금 보이는 언어와
아직 보이지 않는 여백을
심심풀이로 뒷장을 먼저 읽는 추리소설처럼
당신과 나 사이, 모호한 결론으로
책장을 덮지 않았으면 좋겠다

가시나무


어젯밤은 푸쉬카르 사막에 있었어
둥근 달을 보며 짐승의 울음소리를 밤새 들었어


그중에서 웅크리고 잠든 일행의 짐승 소리는 소름이 돋
았어


사막이라 해서 키 큰 선인장이 있거나
뜨거운 모래사장이 끝없이 펼쳐져 있다고 상상하지는 마
나도 한 시간 반을 낙타의 등에 업혀 도착했을 때
적잖이 실망했으니까 아니, 어쩜 사막이란 우리가 머문
곳에서
떠나고 싶은 그런 곳인지도 모르지
영혼이 목마른 곳


잠든 일행들 머리맡에 놓인 음식물 주위로 검은 개들이
어슬렁거렸어
모두 잠들어 있었지
나도 충혈된 눈으로 개를 쫓지는 못했어
생각해보면 나도 한 마리 개가 아닐까
내가 사는 또 다른 사막의 개 말이야

하늘의 달도 미칠 듯이 밝더군
눈을 감으면 모두 소등되는 세상
존재가 삭제된 듯 정말 명료하지
혼돈된 일생을 살면서 가끔 캄캄하다는 건
불편이고 위안이고 친절인 거지

누워 잠든 일행들이 시체처럼 보였어
모로 눕거나 바로 눕거나
냉동되기 전의 흐물흐물한,
한 마리 낙타만이 머리를 쳐들고 잠들어 있었어

사막의 어둠속에서는 나무도 사람이 되더군
가시나무가 팔을 흔들며 걸어와 가고 싶은 곳이 있다고
했어
뿌리가 닿고 싶은 곳이 있다고 했어

손잡을 수 있을까 그와 내가,

# 이브

자전거를 타고 출퇴근하는 길
공원을 지나면 중학교가 있고
학교 담과 도로 사이 길섶
가을에서 겨울로 가는 십일월의 낙엽이 수북하다

여자가 며칠째 그곳에 누워 있다
최초의 발견자가 나인 듯 혼자 망연하고
지나가는 사람은 익숙한 듯
보고도 무심하다

오늘은 비가 오는 날
자전거 없이 우산을 쓰고 걷다가
육교 위에서 여자를 오래 바라본다

그녀는
출생부터 부패하지 않을 사체
팔등신의 그녀가 마지막으로
덮고 있는 나뭇잎 몇 장

가을비가

그녀를 만졌던 지문들을 모두 지운다

# 매미는 아직 운다

매미가 모두 죽고 나면 가을이고
귀뚜라미 죽고 나면 겨울이다
또 누가 죽고 나면 봄일까

죽은 것들을 몰래 불러본다
고모, 명리, B선생님, 진실, 아버지 또 아버지
그리고 노란 아이들……
돌고 돌아 누가 죽어 꽃이 폈나

울음이 끝나면 너는 죽고 내 귀는 고요하지
요동치다 멈춘다는 것은 얼마나 평화스런 일인지
아무도 불러주지 않는 나의 시간
이제 다리를 아랫목에 묻고 익숙한 호흡으로
잠들어 있는 다른 리듬을 살려내지
혓속 외로움을 가볍게 뱉어내 흥을 돋우고
난간이 없는 노래를 살리고 죽이며 밤을 소비하지

계절이 끝난 매미의 울음에 가사를 붙여보는 것은
　쓸쓸함과 오지 않는 안부를 지면과 허공으로 마중 나가
보는 일

한참을 자고 일어나도 새벽 3시
꿈속에서 누구와 다투다 일어났나
퉁퉁 부은 눈, 머리는 산발이네

계단에 조간신문 떨어지는 소리  사소한 일상은 그곳에
없고
전쟁과 살육, 비리와 과욕, 폐업과 실성 45세 남 음식점
사장 투신

오늘의 운세를 보다가 육하원칙에 따라
내 부음기사를 미리 써본다

# 박하사탕 하나가 녹는 시간

집에서 일터까지의 걸음은
김광석의 '서른 즈음'이 세 번쯤 반복되는 시간
신호등을 건너 우체국을 지나고
신발주머니 흔드는 내 아홉 살 초등학교를 지나고,
중학교와 아파트 사잇길 갈래머리 멈칫멈칫 사춘기가 지
나고
그 다음은
내가 이름 붙인 마이웨이 육교 위

좌우를 한 번씩 내려다보는 건 나의 오랜 습관
양방향을 향해 내달리는 자동차들
이곳까지 오면 입안에 얇게 남아 있는 박하사탕
혀가 베일 수 있는 시간

와지끈,
아무도 알아채지 못한다
입안에 고인 달달한 환상

오늘의 단맛은 여기까지

# 붉은 헝겊

누가 알까 달의 마음
만삭으로 채우다 조금씩 비우는 소원
그때마다 지층으로 떨어지는 선홍색을
월경이라 했는데
그동안 달의 기울기에 따라
다른 이름을 지어 부르기도 했는데
마음은 저쪽과 이쪽을 나누는 방위처럼 선명치 않아
사춘기와 사추기 경계가 모호해

빛바랜 낮달을 보다가 창문을 여닫으며
나는 이제 피의 역사에서 여자를 지운다
쓸쓸하게도 번거로운 봄은 눈이 멀어
몸은 다시 흰옷을 입고 상실의 무게를 털며
뒤를 돌아보는 시간 나는 생각한다
누군가를 내 색깔로 물들여본 적 있던가

우리는 그때마다
비 오는 날 진달래 군락처럼
물 먹은 달의 붉은 헝겊을 깊이 여미기도 했는데

## 노숙의 평수

삐죽 나온 발목을 지나친다
언젠가 저 허공에 발목을 먼저 심을 것이니
이따금 두 발이 없는 사람은
하늘의 영역 저쪽에 이미 발을 디딘 사람

돌고 도는 생 이후의 시작점은
뿌리보다 영혼이 먼저 닿는 곳이다

자는 척 움츠린 체위에
마음 먼저 닿는 사람은
이생 다음의 출구가 잘 보이는 사람이다

누웠으면 일어설 때가 있으리니
축축한 신문지 이불을
햇볕이 소리 없이 말리는 봄날

그래
이건 지나가는 사람의 말이지만
누구나 목적지를 향해
신문지 평수만큼 온기를 지고 가야 하는 것이다

# 꽃이라 불리던 여자

소주병도 꽃을 꽂으면
꽃병이라 할까
술병이라 할까

만취한 남편 옆에서
여자는 꽃을 꽂았다

술김에 꽃을 마시는 남편

향기로워지는 그를 바라보며
여자는 자기의 멍든 곳을 오려서
자꾸 자꾸 꽃을 만들었다

# 수국


나의 변덕 그것마저 사랑스럽다고
그녀는 당신에게 나를 선물한다

매일 물주는 게 성가시다고
당신이 생각에 젖는 사이
내 운명은 불안해진다

당신이 조금씩 신발에 다른 흙을 묻혀와
내 발등의 색깔이 달라질 때
나는 변신을 서두른다
지루함을 못 견디는 나의 적응력은
살아있다는 나만의 색깔

발소리를 기다리고
당신은 열심히 물을 주다 보면
내 진심은 꽃대를 타고 오른다

마음을 개심한 당신
볕이 드나드는 책상 한쪽을 비우고
문장 하나를 앉히듯 나를 그곳에 놓는다

이제 이곳에서 한결같은 그대의 색깔을 관찰한다

## 서해에게

나와 함께 공유할 수 없는 기쁨은 내게 전송하지 마라
왠지 슬플 뿐이니까
여행지에서의 소리 없는 웃음도
네 집 온실 속 꽃향기에 머문 눈의 기척도
삶이 무엇이 허전한지 모르는 채
앵무새처럼 타인의 문장을 복사해
늘리고 붙여 긴긴 연애편지를 보내지 마라

나 내 생애 명함 한 장 없이
무수한 시간을 허송한 죄
단 한 번도 네 이름을 일기장에 쓰지 않은 죄
고향을 떠나올 때
주천강가에서 짱돌 하나를 훔쳐와
수없이 호주머니 속에서 만지작거린 죄

그 무슨 소용
다분히 나만 침묵하면 될 일
견딜 수 없는 건
더 고요하지 못한 것
더 신중하게 기도하지 못한 것

타오르는 내 심장에
스스로 얼음물을 들이부을 수 없는 것
그러나 그보다
의식주를 해결하기 위해
내 마음이 머물고 싶은 곳에 멈추지 못한 것
그 신열이 가장 큰 죄

차라리 가끔 색종이를 보낸다면 좋지 않겠느냐
그 종이에 죄목을 적어 갠지스 강으로 가는 종이배를 띄
울 테니

## 효자손

　직장을 따라 아들이 지방으로 떠나자 빈 방 하나가 생겼
다 우리 부부는 자연스럽게 베개를 들고 나뉘어졌다 나란히
TV를 보다가도 각자 제 방을 찾아 들고 손닿지 않는 가려운
곳은 효자손을 찾는다 누가 저 대나무를 구부려 효자손이라
이름 지었을까 아직 아들에게 가려운 등 한 번 맡겨보지 못
한 나는 대나무 손을 효자라 생각하지 않는다

　효자손 그 이름 안에는 얼마나 외롭고 비장한 헌신이 숨
어 있나 내 건조한 변방을 아들의 의무로 맡겨야 하는 명분
그것이 아들의 손을 저토록 마르게 했나 나는 아들 방으로
들어가 닿을 수 없는 나의 먼 벽을 효자손으로 벅벅 긁는다
시원하다 자세를 고쳐 다시 긁으며 생각한다 누가 작명을
참 잘했다고 밤새 머리맡에 효자손이 나를 지켜본다

# 빈자리

다소곳이
빈 의자에 마음을 앉힙니다
가장 소중한 생각도 앉힙니다
오른손을 왼손에 앉힙니다
햇살이 따듯한 손으로
내 어깨를 토닥거리며
쉬었다 가렴
오래 있다 가렴
네 의자란다
내 마음이란다

햇살이 데워둔
빈자리에 마음을 앉힙니다

생각하다


설거지를 하다가 생각한다
종지 같은 작은 것에 대해
찻잔 같은 맑은 것에 대해
정시에 딸랑대는 압력솥의 뜨거움에 대해
오후 아홉시에 밥하는 여자에 대해
물기가 빠져나가는 소쿠리에 대해
가벼운 플라스틱 그릇에 대해
엎어두고 눈도 마주치기 싫은 것에 대해
주방과 금을 긋고 엎드렸던
나른한 오후의 여자
그것의 금을 지우려고 주방을 기웃거린다

장대 없이 수평선에서 뛰어오르던 생선이
날기를 포기한 오리가
일정한 온도에서도 부화하지 못한 달걀이
액체에서 고체가 된 물의 뼈대가 적당한 체온으로 있다
딩동 벨이 울리고
 현관을 향해 나가는 눈동자처럼 골똘한 생각도 순간 금
이 간다

# 손 타다

이곳에서는 마음도 물건의 일부란다

그냥 친절하고
그냥 미소 짓고
입가에 묻은 밥풀 하나 떼주고
부디 건강하게 오래오래 사시라고
귓속에 달달한 말 한마디 넣어드렸더니

요양원 봉사활동 선배가 고개를 절레절레 흔든다

안 돼요 잘해주지 마세요,
손 타면 사소한 그리움에
고개를 떨어뜨리며 운다고
끝에서 새로 만드는 그리움은 더욱 캄캄하다고

누가 마지막 헤어지는 그때를 알고 있을까
자중해야지 가져간 호주머니 속
바스락거리는 사탕 소리만 덜어내었다

# 목도리 하나만큼

고개를 숙이고 앉은 자세는
왠지 슬퍼 보이지
그러나 가을 햇살에 뒷목이 따스해 좋은 걸
바람이 훑고 지나가는 서늘함 말고
온기가 있는 눈길 같은 그런 느낌으로
그조차 오래 있지는 못해
한 가지 체위는 아픔이 따르니까

다시 목을 늘려 하늘을 보게 되는 거지
저 고요한
텅 빈 하늘은 깊기만 해
한바탕 물새들이 물장구를 칠 만큼 푸른 바다야
내가 아는 하늘로 올라간 이들은 어디로 숨은 걸까
결국 언젠가 내가 만나러 갈 수밖에 없지
그건 기쁨일 텐데
죽음은 왜 웃음보다 울음이 먼저 떠오르지

지금 뒷목이 참 따스해,
가을은 어쩜 이런 거구나
목도리를 감아주던 한 사람의 영혼을

햇살의 무게로 느끼고 있어

# 게발선인장

내 이름을 지은 사람은
시인이거나 생물학자이거나 선지자거나

봐라
나처럼 발이 있는 식물이 있나
나는 여러 개의 발을 가진 축복받은 꽃

게, 발,
만개한 꽃으로
세상을 향해 따끔한 충고를 한다

저기 세워진 바퀴들
아무리 바퀴가 둥글어도
제 발로 밟지 않으면 한 발도 걷지 못한다

게걸음도 좋으니
제발, 한 뼘만 더 가자

제3부

# 솟대

네가 다녀가고 나는 너를 앓을까

너는 너인 척 다시 오겠지만
지금의 너를 되가져오지는 못하리

한 방향으로 고정된 나를 너는 자꾸 탓하지만
하늘에 닿을 사다리 없이는
너도 내 그림자를 치우지 못하리

서둘러 붉게 기립했던 것들이
사방으로 누울 때쯤
사랑한다는
거듭된 고백으로도 봄날은 간다

# 묵계

갠지스 강가의 화장터에서 생의 허무를 보았다고 결코
말하지 않겠다

차라리 타다 만 인육을 기다리는
까마귀를 보았다고 말하겠다

어깨를 들썩이는 어떤 이의 붉은 눈자위를
접사 렌즈로 바라보던 날이었다

2015년 9월 576시간,
볕 뜨거운 나의 인도를 일기장 갈피에 끼워 넣는다

매운 연기에 발등으로 떨어지는
눈물을 핥던 개 한 마리를 바라보던 시간이었다

# 네띠네띠[*]


오래 기억하지 마
누구에게도 말하지 마
누구나 운명을 믿는 곳
갠지스 강 화장터의 부지깽이처럼
마음 뒤척여본 거려니 해
만남을 수확이라고 하지 마
사람과 인연의 소출을 미리 말할 수 있을까

네띠네띠 나의 죄
네띠네띠 그대의 죄,
바라나시에서 터무니없이 서로의 울음에 만취한 죄
오래 기억하지 마
누구에게도 말하지 마
네띠네띠


● '아니다 아니다'라는 힌두어.

## 살아보니

생각을 오래 했다고 꼭 소중한 것은 아니다

오래 만났다고 꼭 정이 드는 것은 아니다

잠꼬대로 이름 부른다고 꼭 그리운 것은 아니다

나이가 들었다고 꼭 철이 드는 것은 아니다

질문을 했다고 꼭 답이 궁금했던 것은 아니다

무릎을 꿇었다고 꼭 사과를 했던 것은 아니다

두 손을 모았다고 꼭 믿는 것은 아니다

사랑한다고 수없이 속삭였다고 꼭 사랑한 것은 아니다

살아보니 그렇다

많이 속은 것 같다

# 눈사람

가쁜 호흡으로
작고 차가운 것에
자신의 체온을 돌돌 말면
사람이라 불러도 되나

따스한 햇살에
눈물부터 흘리는 것이니 사람인가

틈 없이 서로에게 스며든 몸이라 사람인가
한생이 찰나로 사라지니 사람인가

# 꽃밭

아들의 진로를 놓고 기도하는 동안 꽃밭에 꽃이 피었다

겨우내 비어 있던 꽃밭
어미 얼굴도 모르는 씨앗들
빛을 향하여 제 얼굴을 내밀었다

겨울을 어찌 견디었는지
어둠 속 벌레는 어찌 피했는지

첫 세상을 두리번거렸을 어린것들
그 어미를 알고 있는 나는 참 미안하다
먹을 것도 주지 않고 꽃향기를 맡는 게 송구하다

쪼그리고 앉아 꽃을 본다
제 어미가 있었으면 저 꽃들 함께 활짝 웃었으련만

아들아 네 고민은 아무것도 아니다
넌 아직 엄마가 있으니……

# 툰드라의 늑대

생리 혈血에는 쇳내가 난다

내가 불행한 것은 나보다 못한 이웃이 나보다 횡재를 했기 때문이다 그 횡재에 적당한 축하의 인사 앞에 정말, 진정, 대단히, 라는 과장의 낱말이 어느 날은 제문 같기 때문이다 내가 신을 제대로 믿지 못했던 것은 빌었던 복이 너무 일찍 와 알아보지 못했거나 아직 도착하지 않았기 때문인지 모른다

여자의 자궁 속에 칼날 하나가 자라고 있다 철들기 전, 단속해야 할 혀 밑에 고인 말들이 조금씩 생리 혈로 흐른다 출산과 육아, 고통과 보람은 상쇄되지 않는다

그 비밀을 알고 그 진실의 문장을 쓰려고 할 때쯤 이제 남은 패가 없는 폐경의 시간 더 이상 먹이를 향한 늑대의 울음이 들리지 않을 것이다

# 줄

환자의 끼니가
긴 줄의 구멍 속을 통과하고 있다
햇볕이 닿은 영양식 위로
무언가 안부의 말을 더 담고 싶지만
의문부호를 생략한 침묵의 질문뿐
오랜 노동을 끝낸 환자의 입술이 말라 있다

넘어지지 않기 위해
목숨을 밝히는 복도 끝 여린 불빛 같은
그의 희미한 눈동자와 마주친다
화장실을 눈앞에 두고 줄을 통해
받아지는 가느다란 오줌 줄기
괜히 목이 마르다

눈으로 따뜻해 보이는 온기의 빛
채우고 비우는 그 끝에서
출렁이지 않는 멈춤일 때
족쇄처럼 묶고 있던 줄이 몸에서 제거될 때
만나고 헤어지는 관계의 구멍
더 이상 이어질 수 없을 때

결국 떠날 것이다

# 달

아무도 없는 공중에서 혼자 채우다 비우다
어느새 다시 둥글어지고
마음으로만 수만 번 채우다 비우다
닫힌 사람이 되고 열린 사람이 되고

놓쳐서는 안 될 것을 놓아준
그래 너무 멀어 닿을 수 없던 사람
바라보는 가장 가까운 옥상에서
다만 기도가 되었던 사람

저 둥근 모양으로 내게 왔던 것
환한 빛으로 나를 바라보던 것
기우뚱 세상 발을 헛디딜 때마다
옥상 끝에 나를 세웠던 마음
어느 날의 위로

그래, 달처럼 한 번씩 멀리서 나를 보고 갔던 거다

# 라오산*

　낯선 여행지에서는 말이 통하지 않은 사람과도 무릎을 당기는 친구가 될 수 있다 그 순간 단풍과 노을빛이 동색이고 그와 내가 빛바랜 꽃잎으로 모양새가 서로 닮았다

　라오산 꼭대기에서 그가 거듭 따라주는 보이차를 마시다 그의 손에 굳은살을 보았다 순간 그의 깊은 영토에서 희노애락을 함께 버무리며 그대로 늙어가고 싶었다 굳은살이란 얼마나 많은 가시를 막아주는가

　그의 등 뒤로 멀리 바다가 출렁거렸다 바람은 휘휘 부는데 그의 눈 속에서 빨간 스웨터의 여자가 찻잔을 들었던 손으로 흰 귀밑머리 넘기며 헤실헤실 웃고 있었다

● 손오공의 고향, 청도의 동쪽에 있는 깊은 산.

# 명창

노래가 되지 않아
신에게 삐져 다른 길을 걷다가
돌부리에 걸려 넘어졌을 때 돌이 말했다

지금 너의 신음
그것이 온몸으로 연주하는 음악이 아니겠니

그는 악보를 그리는 대신
자꾸 자꾸 넘어졌다
그 피로 선을 긋고 그 길을 가면 되었다

# 소나무를 보며

망산*어린 소나무 한 그루
넘어지지 않게 지지해주는 건
가늘지만 강한 철골, 평생 은혜를 입었다

바람 부는 곳에서
오랜 시간 함께 붙어
소나무 한쪽 겨드랑이가
움푹 파이고 쇳물이 흘러나온다

상처를 오롯이 껴안은 품
서로가 헤어지는 날
한 쪽은 생을 재정비하는 날이고
한 쪽은 피눈물이다

요양원 양지에 앉아
해바라기를 하고 있을 그녀를 생각한다

---

● 영월 주천 들어가는 초입에 있다.

# 수평선

앞으로 많은 차가 바쁘게 지나간다
나도 내 속도로 세상의 뉴스를 들으며
엄마를 만나러 간다

다행스럽게 아직 엄마는 견딜 만하다
내가 함부로 지껄이는 말도
다 받아준다
나도 엄마의 간섭이 견딜 만하다

처음으로 떠나는 엄마와 함께하는 1박 2일

수평선을 바라보며 엄마가 말한다
애들은 잘 크니
예
네 신랑이 고맙구나
예
엄마, 엄마 아직 나는 견딜 만해요

엄마는 어떠세요
엄마에게 했던 질문을 바다가 삼킨다

비가 내린다

밀려와서 밀려가는데
지금 나의 시간은 썰물일까 밀물일까
엄마의 시간일까 딸의 시간일까
엄마는 다 살았다고 딸의 손을 놓을 수 있을까

넘어져 크게 울면 어디선가 뛰어와
무릎의 피와 눈물을 닦아주던 젊은 엄마
나는 넘어졌던 상처를 다 나았다고
엄마에게 말할 수 있을까

## 시월은

먼 길 걸어온
나목의 휘파람 소리가 있다
보랏빛 멍처럼
양지바른 산기슭에 쑥부쟁이 피어 있다

만일 할 수만 있다면
일 년 열한 달을 뭉쳐서라도
시월 한 달과 바꾸고 싶다

나는 해마다 시월 속에 쏘옥 들어가
숨을 쉬고 나와
나머지 열한 달을 산다

# 사벌레

이름이 직설이다 자, 벌레

직감처럼 기다림은 생략한다
한 치를 가기 위해 몸 전부를 모은다
마음의 보폭보다 선명한 반복으로 가고 있다
가파른 나무 위 균형을 잡아
스스로를 재단하는 공손함이 눈물겹고 징그러운가

지구의 쳇바퀴를 벗어나지 못하는 사람아
나의 걸음을 지켜보다 절감하는가
태어나 이름 먼저 짓는 그대보다
행동이 이름이 된 나는
마침내 지나온 길을 다 재고나면
운명의 끝에서 날개를 가진다
그때 가차 없이 벌레라는 이름을 버린다

제4부

# 강가에서


나는 보았어요
저 높고 넓은 하늘도 가끔 작은 강물에 제 몸 담그고
고요히 쉬고 있는 것을

나는 알아요
하늘의 가장 아픈 곳을 맑게 씻겨
다시 높은 곳으로 보내는 강물의 넓은 마음을

말하고 싶어요
모든 것이 변하고 없어져도 강물과 하늘이 영원하듯
우리도 그럴 거라고

그리고 믿어요
물과 햇살이 키운 아름다운 것들이 언젠가 하늘에서 만나
서로 깊이 스미리라는 것을

# 가난한 변명

나의 불행은
동침할 수 없는 존재의 무거움이거나 가벼움
함께 이불을 덮을 수 없는 것들

눈에 든 나무는 가파른 절벽에 있어 집에 들일 수 없고

나비의 날개는 너무 얇아 손끝에서 뭉그러졌다

꽃병에 꽂힌 망초꽃은 들판이 그리워 서둘러 시들었고

귀여운 새는 징그러운 벌레를 먹어 좋아할 수 없었다

나는 그 어떤 것도 가지지 못할 운명 이 또한 내가 하는
변명

어쩌다 이렇게 된 것일까
온실의 안락하고 따스한 것들
필요한 건 온통 소유권이 없는 남의 것
그러나 생각하면 쓸데없는
믿음이 둘이거나 울타리가 너무 높거나

이름 불러도 서로 너무 먼 큰집

## 그대라는 시집


당신을 시집이라고 아니 시집을 당신이라고 보면
어느 페이지를 읽어도 내 지문이 닿지 않은 흔적이 없다


눈 닿을 거리에서는 당신의 손을 잡았고
손이 닿지 않는 날은
두 눈을 감고 당신의 마음을 암기했다


매일 매시 당신의 어디를 읽어도
그대 내 빈 어깨 책장인 듯
꼭 이렇게 서로 기대어 살고 싶다고,
살아가야 하는 이유는 단지 이것뿐
다른 이유는 없다고


그리하여 작은 불빛을 모두 모아
나 또한 당신의 어디어디를 열어 오늘을 살고
일주일을 살고 한 달을 살고
또, 이 땅의 더 아득한 나의 날들을 살고

# 지금 없는 사람

신발 뒤축은 왜 꺾여 있었나? 발보다 신발 문수가 작았나? 나는 접힌 뒤축이 궁금해 마음을 쓰지 그 불편이 불쑥불쑥 애처로워 어쩔 수 없지 당신의 기운 어깨를 받쳐주고 싶지

그러니까 신발 뒤축을 눌러 신으면 복이 없다고 이미 내 등 뒤 이방인으로 살 수밖에 없는 것 같다고

누구나 한 번쯤 어쩌지 못하는 젖은 연기처럼 매운 사랑에 대하여 이야기하라면 벗어놓은 신발 뒤축 먼저 떠오르는 사람, 신발보다 더 빈 낡은 수레 같은 사람, 솜틀집 그의 집 앞마당 그 아버지 한 됫박의 마른 강냉이 뻥 소리와 함께 한 자루 가득 튀겨지던 그 들뜨고 부풀려지던 날들이 있지

그러나 눌려진 신발 외에 기억의 갈피 어디에도 지금 없는 사람

# 먼지

명사, 가늘고 부드러운 티끌 나는 티끌이어요 가끔 당신의 눈물 흘리게 할 수 있는, 또 태산이 될 수 있다고도 하지만 아직 그런 높은 산은 되어본 적 없어요 나는 먼지보다는 티끌이 주는 의미를 좋아해요 티끌 같은 돈으로 큰 돈을 만드는 기적을 보면 놀랍기도 하지만 바람 앞의 촛불보다 위태로워 보여요

이런 적이 있어요 잡힐 듯 나지막한 중국집 허공에서 볶음밥 냄새를 맡고 있을 때 번쩍하는 환풍기 스파크 불씨가 되는 찰나 내 이름이 사람들 입에서 가볍지만은 않더군요

스스로 방화를 꿈꿔본 적은 없어요 그것은 타인의 곡해, 모터가 돌아가는 곳은 늘 청결하게 하세요 하루 세 번 양치질을 하는 입안처럼요 나의 근성은 떠도는 가벼움 티끌만큼의 오해도 없길요 뭔지 아시잖아요?

# 마치, 한 줄, 하이쿠처럼


내 아들이 시인이 아니라 다행이다

시인의 말이란

뒷장이 찢어진 소설처럼 때론 답답하니까

수화기 너머 목소리가 이어지지 않을 때
한숨보다 더 큰 통곡으로 짐작되니까

생략된 말줄임표를 읽을 때
절벽에서 뛰어내릴 듯 위태로우니까

만약 아들의 시를 못 알아먹는
어미라면 얼마나 가여운가

직장을 따라 객지에 있는 아들이
사진 한 장을 전송해왔다
삼천포 바다를 배경으로 브이를 그리며 환하게 웃고 있다

## 바느질

익숙한 무늬였다

추상화 표현주의 마크 로스코 전시회에서 본 그림들

어려서 어머니가 자투리 천 모아 만들던 보자기가 거기
있었다

아버지가 작은댁에서 돌아오지 않는 밤
청색과 홍색을 한 땀 한 땀 기워 만든 밥상보며 베갯잇
홑이불들
어머니의 촘촘한 그 내면의 바느질
마음을 다스리던 슬픈 기록들
아버지의 행선지를 알고도 밤새 등불 끄지 못한 밤

스스로 동맥을 자르고
붉은 보자기 하나로 세상을 덮어놓고 사막을 건너간 마
크 로스코
"비극적 경험이 예술의 유일한 원천이다"
그의 말에 밑줄 치고 전시장을 나와 어머니에게 전화를
걸었다

여직도 바느질을 하시니 옛날부터 어머니는 예술가였다
아버지는 죽음으로도 오지 않았고
독 오른 어머니는 뾰족한 바늘로 자신의 상처를 꿰매신다

죽어라고 서로를 끌어당겨 완성해보려던 것들
결국은 제 속의 비명을 토해내고 홀로 가는 일

어디선가 누가 죽고 누가 태어나고
익숙한 무늬였다
해를 생략하고 별을 삭제하고,
검은 보자기 속 무엇이 보이냐고 마크 로스코가 묻는다

# 귀하에게


벽에 금이 간 집을 나와
절벽 산책을 하다가 떨어지는 꿈
하도 선명하여 귀하게 편지를 쓴다

안녕하신지
이 땅의 꽃이란 꽃
모두 추워 얼어 죽어도
이 땅의 거지란 거지
모두 배곯아 굶어 죽어도
얼어 죽지도 말고 굶어 죽지도 말 것

운명만큼만 따뜻하게
내 몫만큼만 챙겨 먹고
세상에 소중한 것은
몇 가지 안 된다는 걸 깨달을 때
수선화 피고 자주자주 졸음 쏟아지는 한가한 날
정말 새빨간 웃음 한번 예쁘게 같이 웃자, 라고도 쓴다
그동안 몸도 마음도 많이 아프지 말고
다시는 나를 속이지도 말고
그래야만 살 수 있다고 쓰기도 한다

아니면 뛰는 놈 위에 나는 놈
뒷심 약한 너 지쳐
스스로 절벽에서 뛰어내릴지도 모른다, 고
내 양심에게 편지를 쓴다

# 문

마지막까지 문이 되지 못한 벽도 있지만
그럴듯한 그림이나 커튼으로 장식을 하면
문의 흉내를 내기에는 부족하지는 않지
다만 온도가 드나들지 않는 문은 공기가 없지

열리지 않는 벽이라고
침대 모서리에서 옷을 입는 사내
문을 벽이라고 못질을 하는 간밤의 여자
하늘에서 보면 어쩜 허허 활짝 노상이지
허락하기 전까지 벽이지만
결국은 다 문門, 입이지

# 혼자 먹는 밥

나를 위해 상 차리는 것도 지겹다
피차 섞일 것
된장국 밥 말아
김치 몇 쪽 담은 양푼을 들고
TV 앞에 앉는다

화면에 비친 예선 엄마 모습

한 숟갈 뜰 때마다
짠한 반찬처럼 올라앉는
쫄깃하고 비릿한
빙점의 대사들

나 엄마에게
이렇게 살지 말라고 했는데

## 귀뚜라미의 울음


가을은 이렇게 뜬금없는 소식이 오나 보다


밤새 열어두었던 빈 방 창틀 위
그렁그렁 빗물이 고여 있다
그 속에 귀뚜라미 한 마리 가늠할 수 없는 젖은 무게
누울 곳이 여기밖에 없었나
저 임종을 누구에게 알리나
유언장을 쓰기 위해 시인을 찾아왔나
그 간절함도 모른 채 그 울음소리 흘러들었던 지난밤
잠자리만 몇 번 모로 고쳐 누웠을 뿐


작별의 인사를 쓸 때는
바람의 문장이 아닌 쉬운 말이면 좋겠지
가령 사랑하니 떠난다는 말보다는
사랑할 수 없어 떠난다는 말
처음과 끝이 같은 안녕, 이라는
확고한 결구 같은


이제는 명료한 것을 잡고 싶다
추상이 아닌 구체적 진실을


94

움직이는 것이 아닌 부동의 것을
빈 방에서 홀로 밤새 얼마나 신음했을까
창틀에 가득 고인 빗물이 멍처럼 푸르다

## 영종대교에서


우리가 섬이었을 때
영종도가 섬이었을 때
우리는 함께 배를 타고 섬으로 들어가
을왕리 솔밭 그 공간 사이에서
시린 보름달을 보고는 했는데

어느 날 단숨에 혁명이 일어나듯
너는 너의 다리를 건너고
섬은 섬의 다릴 놓았다

자동차의 속도를 높인다
무심히 달리는 영종대교,
대교는 너의 다리만큼 길지만
너와 함께 섬으로 들어가던 그 배
그것보다 흔들리지 않는다

그때 나는 건너고 싶은 모든 것을 섬이라고 불렀다

# 미완의 도시

복원되지 않는 도시
내일도 모레도 성형에 들어가고

거리의 아이들
발맞추어 자신을 빚기 위해
고통의 말
혀 밑에 감추고
턱을 깎고 각을 지우고
움직이는 미켈란젤로의
조각품이 되기 위해 이를 앙문다

도시는
위험 수위를 넘었다
자신의 눈꺼풀로는 이제
캄캄한 밤과 세상의 슬픔을 덮지 못해
실눈을 뜬 채 잠을 부른다

기업은 휘황한 도시를 설계하고
아이들은 성형외과 대기실에서
스펙을 다시 고쳐 쓴다

# 방향지시등


안개가 자욱한 밤
영월 가는 지방도로에서
길을 안내하는 화살표를 보았다

길은 주름지고 가팔랐다
비상 깜박이를 켜고 달렸다
야광 페인트 반사경은
자동차 불빛을 받으면 밝아졌다
우리는 서로를 확인하며 환해졌다
운전하며 내가 살려놓은 것은
잠깐 잠깐의 짧은 생명이었다
화살표 방향으로 미끄러져가며
백미러로 희미하게 스러져가는 그를 보았다
그 풍경은 울렁거림이었다
만지지 않고도 느껴지는 따스함이었다

마음을 다해
온몸으로 빛을 비춰주고
다시 스스로 어두워지는 모습
쓸쓸해서 따뜻한 빛이었다
멀고 먼 고향 가는 길이었다

파도


가만,
스물 몇 해 만이다

광안리 해변
수척한 발자국들
지금 아무도 없다

많이 변했을 거라고
생각은 했지만

바람이 몹시 분다
그런 거라고
그런 거라고

해변의 끝자락
나를 따라온 발자국

결국,
지워질 것이다

# 자아의 양가적 갈등과 혼융, 그리고 서정적 자립의 세계

공광규(시인)

조경숙 시인은 강원도 영월 출생으로 2012년 제23회 인천 문예대전에서 시 부문 대상을 수상하였고, 2013년 계간 『시와정신』 신인상으로 등단하였다. 지난 2014년 시집 『절벽의 귀』를 냈다. 시인의 시집 표4에 필자는 아래와 같이 썼다.

"조경숙은 자아의 고백과 성찰을 주조로 하는 전통적 시의 원리에 충실한 시인이다. 그의 시 창작 방법상 특징은 시적 대상인 사물과 사건에 자신의 심정을 명징하게 투영하는 것이다. 이를 테면 「목격」에서 새가 아크릴 소음 차단벽에 머리를 박고 떨어져 죽은 사건을 통해 '투명함 속의 완강함'에 머리를 부딪친 적이 있었던 자아의 경험을 고백한다. 「무의도 갈매기」에서는 여행객이 던져주는 새우깡에 길들여진 갈매기를 통해 본성을 잃어버리고 현대 문명에 길들여져 사는 인간들의 보편적 자아를 들여다보기도 한다. 그는 또 자주 놀라운 비유를 보여주는데, 「진통제」에서 "뇌의 서랍에 쌓인 불안을 비운다"는 표현을 얻기도 하고, 빈 식탁에 앉아 있는 파리 한 마리에게 파리채를 들었다가 놓으며, 「파리 손님」에서 "오늘은 너도 손님이고 나도 부처"라는 인식에 이른다. 거기다가 그의 시에서 종종 만나는 경구적인 문장도 읽어내는 재미가 쏠쏠하다. 시 「그네」에서 "물 위로 걷고 싶은 사람들이/ 다리를 만들었듯이/ 바람이 되고 싶은 사람들은/ 그네를 만들었다"고 한다. 그는 「수수께끼」에서 "사람의 발자국소리로 듣고 자라는 하나의 꽃과 심장 소리를 듣고 낳은 아이를 키우는 것과 무엇이 다르"냐며 물아일체의 우주관을 설파하기도 한다. 표현 미숙으로 시가 어려워서 읽히지 않는 요즈음, 의미 전달이 명확한 그의 시를 만난다는 것은 큰 기쁨이다."

조경숙 시인의 이번 시집 제재 범위와 진술 방식은 지난 시집과 그렇게 먼 거리에 있지 않다. 그러나 시적 대상이나 일상경험에 서정적 자아를 투영하는 방식이 자연스럽고 풍부해졌다. 살아가면서 흔히 경험했을 법한 쉬운 사건을 발효시킨 아래 시들을 보자.

단물이 다 빠져야
제대로 풍선이 만들어진다는 걸 알았다

그동안 내 희망은

단물과 풍선이

함께 존재하길 바라는 거였다


그동안

입술로는 희망을 말했지만

속으로는 단물만 오물거렸던 것


단물이 빠지고 나야 비로소 껌이 아닌 풍선

—「풍선껌을 불며」 전문


내가 주인이지만

손님 같을 때가 있다

눈 내린 날

흰 눈 위에 내 발자국 찍을 때

공손하게 첫발을 디디게 된다


어쩐지 세상의 첫발자국은

맨발의 새나 노루 고라니가 찍어야 될 것 같아

여기저기 내 발자국

어지럽게 남기면 안 될 것 같아

밤손님처럼 조심스러워


아니, 어쩐지 그대가 보고 있을 것 같아

—「첫발」 전문

시 「풍선껌을 불며」는 풍선껌을 부는 행위와 사건을 이중적 자아에 비유한 것이다. 풍선껌은 껌과 풍선이라는 두 개의 기능을 합한 것이다. 그런데 껌과 풍선의 기능은 둘이 동시에 일어나지 않는다. 별개의 기능인 것이다. 껌의 기능인 단물을 다 빨아먹어야 다른 기능인 풍선을 만들 수 있는 것이다.

그러나 사람들은 보편적으로 두 가지 기능이 함께 하길 바란다. 껌의 단물을 씹으면서 동시에 풍선도 불 수 있었으면 하고. 이 시의 화자도 마찬가지다. "단물과 풍선이/ 함께 존재하길 바"란다. 그러나 인간은 성과 속, 선과 악이라는 양극의 어느 지점에서 왔다 갔다 하는 양가적 존재이다.

나무의 한 가지를 선택하면 한 가지를 잃어야 한다. 한 가지에 앉으면 한 가지를 떠나야 한다. 두 곳에 동시에 발을 붙이고 살기에는 발이 너무 짧다. 가랑이가 찢어진다. 그래서 인생에서 두 개의 가치를 만족스럽게 병존시키며 끌고 간다는 것은 극히 어려운 일이다.

단물과 풍선은 한 사람 안에서 두 개의 가치가 함께 이루어지기를 희망하는 인생에 대한 비유다. 누구나 다 여러 개의 목표가 동시에 이루어지기를 희망하고 소망한다. 그러나 풍선껌이 그렇듯, 삶도 그렇다. 단물이 남은 상태로 풍선이 불어지지는 않는다.

풍선껌의 종착점은 단물이 아니라 풍선을 부는 데 있다. 풍선껌을 만든 목적은 풍선을 불기 위한 것이다. 단물만 필요하다면 설탕이나 당원을 먹으면 된다. 또 다른 것도 있을 것이다. 풍선껌을 씹는 화자가 원하는 것도 단물이 아니라 풍선을 부는 것이다. 그러면서 화자는 "단물만 오물거렸"다고 한다. 목적을 잊고 수단만 반복했다는 의미다.

시인은 화자를 내세워 자기를 바라보고 반성한다. 자아성찰이다. 자신의 삶의 목적이 희망을 구체화한 풍선을 부는 것인데, 풍선을 부는 쪽으로 삶의 가치를 두거나 정하지 않고 눈앞의 단물만 빨고 있었다고 한다. 칼끝에 발라놓은 꿀을 핥아먹고 있는 불교적 우화가 생각나는 시다.

「풍선껌을 불며」가 풍선껌의 기능을 관찰하여 얻은 시라면, 「첫발」은 흰 눈 위에 찍힌 발자국을 잘 관찰하여 얻은 시다. 화자는 시의 서두에서 자신이 "주인이지만/ 손님 같을 때가 있다"며 인간의 존재론적 사유를 펼쳐 보인다. 이런 사유의 사람들은 세계를 공손하게 받아들일 줄 안다. 세계와 자아의 근원이 같다는 생각 때문이다. 당연히 대상에 대하여 공손해질 수밖에 없다.

시인의 대리 역할을 하는 이 시의 화자도 마찬가지다. "눈 내린 날/ 발자국"을 내딛는 모습이 공손하다. 시인의 마음을 반영하는 화자는 이런 흰 눈 위에 첫발자국을 찍어야 할 것은 자신이 아니라 원시의 맨발을 하고 있는 "새나 노루 고라니가" 되어야 한다고 한다.

화자는 탐욕으로 비유되는 도시문명에 찌든 사람이니까 자연의 순백 상태인 깨끗한 눈 위에 어지럽게 발자국을 남기면 안 될 것 같다는 것이다. 한 사람의 생이라는 것이 이 세상에 손님처럼 잠시 머물다 가는 존재라는 사유와 자연에

대한 시인의 깨끗한 순결의식이 혼용된 시다. 여기서 '그대'
는 우주의 질서를 운행하는 추상화된 절대자를 비유한다.

　조경숙의 인생에 대한 양가적 고뇌와 존재론적 사유의 배
경에는 엄마, 즉 모성에 대한 원형적 체험과 기억, 그리고
현재가 자리 잡고 있다.


　　늦은 가을비에
　　머리 젖은 까치
　　감나무 꼭대기 붉은 것
　　정신없이 쪽쪽 빨아먹고 있다


　　전생에
　　감나무는 어머니였을까


　　어려서 젖배 곯은 막내
　　그녀 집 마당엔 지금
　　젖어미가 여럿이다

　　　　　　　　　　　　　　　　　　　　—「감 젖」전문


　　천국이 심심하면 어떡하지
　　엄마는 일거리가 없으면 못 견뎌 하지
　　지옥이 뜨거우면 어떡하지
　　엄마는 이미 다 익어버렸는데
　　사과는 이제 그곳에서 소용이 없을까

유혹도 끝난 거고 용서도 손닿지 못할까


어떡하지,
엄마는 이제 다리가 아파 교회 가는 것도 마다하시고
조그만 일에도 노하시니
달콤한 사과도 시다 하시고
요즘 자주자주 하시는 말씀
흐릿한 옛말만 하시니


오래전 그때, 엄마는
피멍 든 가슴에 계란을 굴리던 아픈 여자
그 자국에 뽀얀 화장을 하던 참 결 고운 여자
연락 없는 아들 보고 싶어도
안 낳은 셈 친다며 밤마다 입으로 마음을 다잡는 독한
여자


엄마란 길 그동안 그 길이 얼만데
코를 골고 잠든 모습
저 모습 엄마가 기도하던 천국인데
— 「어떡하지」 전문


「감 젖」은 감나무에 매달린 감과 그것을 파먹고 있는 까
치의 관계를 젖어미와 젖배를 곯은 막내를 병치하는 수법으
로 형상한 단아하고 상상력이 풍부한 형식의 시다. 늦은 가

106

을비가 내리는데 까치가 감나무에 앉아서 꼭대기에 붉은 감을 파먹고 있는 풍경을 묘사한 것이다.

시에서 까치는 머리가 비에 젖었고, 붉은 감을 정신없이 쪽쪽 빨아먹고 있다고 한다. 왜 까치는 머리가 비에 젖었고, 감을 파먹지 않고 쪽쪽 빨아먹는 걸까? 이는 시인의 감정이 까치의 행위에 이입이 되어서다. 시적 대상을 객관적 시선이 아니라 감정적 시선으로 바라보기 때문이다. 당연히 문장은 객관적 묘사라기보다는 주관적 진술이 강하다.

시인의 이런 진술 전략은 까치를 아이로, 감나무를 어미로 치환하기 위한 것이다. 화자는 이런 감나무가 전생에 어미였을까? 라고 추정한다. 까치의 행위가 젖을 쪽쪽 빨아먹는 것과 같기 때문에 얻은 상상이다. 그러면서 "어려서 젖배를 곯"았던 막내를 기억에서 불러낸다.

아이를 많이 낳았던 옛날에는 젖을 먹이고 있는 와중에 또 아이가 태어나는 경우가 대부분이었다. 두세 명이 동시에 엄마의 젖을 먹는 경우가 허다해서 젖이 부족한 아이들이 많았다. 그래서 심지어 할머니의 젖을 먹고 자라기도 했다. 그것도 안 되면 젖이 나오는 사람을 찾아다니면서 아이에게 젖을 얻어 먹여야 했다. 지금처럼 분유산업이 발달하지 않았던 시절이다.

'그녀'는 젖배를 곯았던 막내일지도 모른다. 이런 막내가 사는 집 마당에는 감나무 여러 그루가 있다. 감나무는 젖어미의 환생일지 모른다. 사람이 죽어서 감나무로 태어난다는 신화적이고 생태론적 상상이다. 막내가 어려서 젖어미에게 젖을 빨아먹던 행위와 까치가 감을 빨아먹는 행위를 병치시키고 있다. 짧은 시편 하나가 깊은 사유와 풍성한 상상을 불어넣게 한다.

「감 젖」이 환생이라는 신화적이고 생태론적 사유를 형상했다면, 「어떡하지」는 현재 화자의 눈앞에서 코를 골며 잠이 들어있는 엄마의 적나라한 성격을 발랄하고 속도감 있게 진술한 시다.

대개 세상 풍파를 많이 겪은 늙은 엄마가 그렇듯 화자의 엄마도 자식들을 위해 끊임없이 일을 하는 존재였다. 세상에서 수많은 우환을 겪으면서 인생이 익을 대로 다 익고 물리적 사과든 관념적 사과든 다 필요가 없는 나이가 되었다. 유혹과 용서라는 이성적 분리도 끝난 상황이다. 몸 그대로 인간이고 몸 그대로 엄마인 것이다. 세상이 곧 엄마 자체인 것이다.

달걀로 피멍을 풀어야 하는 가부장제 시대의 관습적 습관적 미개한 폭력도 있었고, 자식이 집을 나가서 가슴 아픈 일도 겪었다. 그러면서도 화장을 하며 여성성의 결을 잊지 않으려고 노력을 많이 한 엄마다. 현재 화자의 눈앞에는 엄마가 코를 골며 자고 있다. 인생의 모든 우환을 경험하면서 종착점에 아무런 일이 없었다는 듯 잠에 빠진 그 모습이 엄마가 늘 기도하던 천국인 것이다.

시적 화자를 통해 진술되는 시의 내용은 시인의 체험을 가공한 것일 수도 있고 주변에서 정보를 가져온 것일 수도 있다. 재료가 어디서 났든 상관없이 옛날 엄마들, 아니면 지금도 계속되고 있을지 모르는 엄마들의 삶과 일회성 인생의 보편적 전형을 설득력 있게 보여주고 있다.

　　사내가 보도블록 위를
　　겅중겅중 걷는다

　　발아래
　　틈새 민들레

　　봄이 부러졌다
　　　　　　　　　　　　　　　　　—「저런, 미안」 전문


　　도시의 빛이 출렁이는 빌딩숲
　　엘리베이터를 타고 오른다
　　친절한 스티커

　　'추락 위험 기대지 마시오'

　　한 여자가 남자의 어깨에 기대어 있다

　　수없이 타고 내리는 수직의 길
　　유리창 밖으로 보이는 달이
　　빌딩에 기대어 있다

둥근달의 성별이 궁금하다

— 「달의 성별」 전문

조경숙의 모성적이고 여성적인 상상력의 뒷면에 남성, 남자, 사내가 포진하고 있다. 「저런, 미안」에서는 인물의 행위를 통해 남성의 폭력성을 공개한다. "사내가/ 보도블록 위를/ 겅중겅중" 걸어간 뒤에 남은 것은 민들레 몸이 부러진 것이다. 시 속의 사내는 "발아래/ 틈새"에 있는 민들레 따위는 보지도 않고 그냥 밟고 지나가버린다. 민들레는 속수무책으로 몸이 부러지는 상처를 입는다. 남성의 막무가내식 폭력성을 민들레를 통해서 비유하고 있다.

「달의 성별」에서 남자는 여성을 추락시키는 위험한 존재로 암시된다. 엘리베이터에 붙어 있는 '추락 위험 기대지 마시오'에서 발상한 시다. 시인은 엘리베이터에서 여자가 남자의 어깨에 기대고 있는 것과 유리창 밖으로 보이는 달이 빌딩에 기대어 있는 것을 대비시키고 있다.

인생은 엘리베이터처럼 "수없이 타고 내리는 수직의 길"을 가는 것이다. 관습적으로 결혼을 통해 남녀가 같이 짝을 맞추어가는 인생길에서 대부분 물리적 약자인 여자는 남자에게 기대게 된다. 엘리베이터 안의 여자처럼 남자의 어깨에 기대는 것이다.

화자는 엘리베이터 안 여자의 태도를 상징적으로 바라보고 있다. 물론 시에서 화자가 묻는 빌딩에 기대어 있는 달의 성별은 여성이다. 의존적인 여자의 삶을 경계하고 독자

석이고 독립적인 삶을 살 것을 암시한다.

조경숙 시에서 남성은 "축축한 효녀심청전"을 반복해서 읽어주던 아버지를 제외하고는 「매미」에서처럼 "아내를 얻고 싶"어 하고, "어머니의 어둠 속 따뜻한 그 시간"을 그리워하면서 모성과 여성을 부러뜨리고 추락시키고 갉아먹는 부정적 존재로 나타난다. 그래서인지 시인이 기다리는 남자는 시 「무렵이라는 말」이나 「각주」에서 나타나듯 구체적인 남자가 아니라 추상화된 '당신'이고, 시 「첫발」에서 나타나는 초자연적인 '그대'이다. 긍정적이고 구체적인 남성이 잘 보이질 않는다.

그의 시에는 걷어차고 버려지고 던지는 자기혐오와 자기포기도 눈에 띈다. 「구두 한 짝」에서는 버려진 구두 하이힐 한 짝을 개가 물어뜯고 있다. 개에게 물어뜯기는 속수무책의 헌 하이힐은 시인의 심리적 투영일 수도 있다. "짝을 만나 신발장에 놓일 수 없는" 하이힐 한 짝이 개에게 뜯기는 것을 보고만 있던 화자, 개가 떠나자 헌 하이힐은 "찢겨진 종이배처럼 뒤집혀 있다"고 한다. 이 주인을 모르는 헌 하이힐을 지나가는 사람이 또 걷어찬다.

그 돌
사실은 내가 먼저
발로 찼는지 몰라

잠시 길을 멈추고

나를 넘어지게 했던

세상에,
가장 고독한 돌부리 하나
돌탑 위에 모신다

—「용서」전문

어쩌면 「용서」에서처럼 사람은 자기가 먼저 자기를 걷어
차는 존재인지 모른다. 화자는 그동안 자기가 자기를 버리
고 혐오한 자기를 용서한다. 자기가 자기를 사랑하지 않으
면 남이 자기를 사랑해주지 않는다는 세간의 격언을 포괄
하는 시다.

화자는 자기 자신을 버리거나 걷어차기를 그만두고 "잠
시 길을 멈추고/ 나를 넘어지게 했던" "고독한 돌부리"를 돌
탑 위에 모신다. 자아의 양가적 갈등과 혼융을 거쳐 인생에
대한 이해를 통해 자기를 바로세우는 서정적 자립의 세계
에 들어선 것이다.

조경숙의 이번 시집은 지난 시집에서와 마찬가지로 세계
를 해석하고 자아를 들여다보는 시들이 높은 시적 성취를
이룬다. 세계를 이해하고 인생을 조망하는 시선이 존재론
적이고 생태론적이다. 어느 경우는 신화적 상상력까지 확
장된다. 갈수록 깊어지는 시심에 박수를 보낸다.